a MÃE eterna

betty milan

a MÃE eterna

morrer é um direito

1ª edição

EDITORA RECORD
RIO DE JANEIRO • SÃO PAULO
2016

CIP-BRASIL. CATALOGAÇÃO NA PUBLICAÇÃO
SINDICATO NACIONAL DOS EDITORES DE LIVROS, RJ

M582m
Milan, Betty
A mãe eterna: morrer é um direito / Betty Milan. – 1ª ed. – Rio de Janeiro: Record, 2016.

ISBN 978-85-01-10723-7

1. Literatura brasileira. 2. Autoficção.

16-29800
CDD: 869.93
CDU: 821.134.3(81)-3

Texto revisado segundo o novo Acordo Ortográfico da Língua Portuguesa.

Direitos exclusivos desta edição reservados pela
EDITORA RECORD LTDA.
Rua Argentina, 171 – Rio de Janeiro, RJ – 20921-380 – Tel.: (21) 2585-2000.

Impresso no Brasil

ISBN 978-85-01-10723-7

EDITORA AFILIADA

***para** Nathália Timberg*

Não tenho mais como me abrir com minha mãe, ela escuta pouco e quase não se interessa. Por causa da idade avançada, deixou de ser quem era. Para suportar a perda, escrevo a uma interlocutora imaginária, uma interlocutora tão capaz de um amor incondicional.

A escrita é um recurso vital quando a palavra é impossível e, na falta do destinatário desejado, a gente inventa outro. A primeira frase que eu escrevi foi Se eu pudesse... Deixei na gaveta até que o texto se impôs... talvez para me salvar.

Se eu pudesse te dar de novo a vida... fazer você nascer de mim como eu nasci de você... Não paro de desejar o impossível. Apesar dos seus 98 anos, não suporto te perder. Eu, que sei do fim de tudo, não me conformo com o seu fim. De que adiantou ler os budistas e saber que tudo muda, "as causas e as condições variam continuamente"? Que a vida é "fluxo de criação, transformação, extinção e nada permanece"? Sei que só a impermanência possibilita a renovação do universo, porém o coração não acompanha a cabeça.

Acredito que posso curar as suas mãos se eu mesma puser a pomada nos seus dedos, imprimindo neles o meu ritmo. Acredito, embora estejam tomadas por uma micose há anos. Mais parecem as mãos de uma mendiga.

Você, toda encurvada, é mais pobre do que os mais pobres, mais despossuída. A sua esperança de vida é a menor. E, embora você diga e repita que está preparada para morrer, não aceita a morte.

Nunca soube o que era doença. Precisou da velhice para estar "preparada". Saber que a morte podia te alcançar em qualquer lugar e, portanto, que era preciso estar pronta para ela não bastou. A leitura dos clássicos é insuficiente.

Quando você diz que quer morrer, eu me digo que seria melhor para você não sofrer. No entanto, procuro silenciar o seu voto.

— Quer mesmo um remédio para ir embora? Posso te dar um.

Você me ouve e se cala. Não sei se eu falo para você se calar ou porque não suporto mais ver o que o tempo fez com você... enxergar a ruína em que você se transformou. Já não levanta os pés quando anda, arrasta-os. Segue precedida pela cabeça, por causa da coluna... parece um monolito ambulante. Quando senta, dá a impressão de que não vai mais se levantar.

Isso ora me dá pena, ora me causa horror — o horror do que posso vir a ser. Não sei se a compaixão, que os religiosos preconizam e alcançam, é o resultado de um esforço heroico ou da negação da realidade. Será que eles enxergam o que veem?

Por que você e eu temos que passar por isso tudo? A estranha pergunta do meu filho pequeno hoje ressoa no meu ouvido e faz sentido.

— Com que direito, mãe, você me deu a vida?

Não me ocupo dos cuidados físicos de que você precisa, mas tenho satisfação em ler o que você deseja ouvir. A meio metro de você e bem na sua frente. Para que, vendo os meus lábios e a minha expressão, você entenda o que ouve e o seu rosto se ilumine. Nessa hora, tenho o sentimento de ser poderosa, tanto quanto você foi nos meses em que eu estive no seu ventre e precisava de proteção... no tempo em que eu era apenas uma promessa.

Para suportar a perda, mesmo sem viajar, eu me expatrio. Tomei um vinho do porto e me vi sentada no café mais antigo de Lisboa, o Terreiro do Paço. Me lembrei das arcadas amarelas que circundam a praça, da estátua equestre de bronze com a pátina verde, e desci no cais das colunas, por onde antigamente os monarcas entravam na cidade. Fui descendo os degraus sem pressa, até ouvir o murmúrio do Tejo e olhar o horizonte.

Pouco depois do último trago, a empregada me telefonou, falando da melhora das suas mãos. Soube da eficácia do tratamento que fiz. Mas, paradoxalmente, não me alegrei. A sua dependência não pode me alegrar. Que filha quer ser a mãe da mãe? A pergunta não significa que eu não esteja disposta a "cumprir o meu papel". Me disponho ao necessário, porém, queira ou não, eu peno — não sou monge nem padre.

Meu dever me exaspera, porque me impõe um luto. Nada foi melhor do que ser sua filha no tempo em que você podia me facilitar a vida. De repente, no entanto, a melhor das mães não pode mais nada. Se quiser me dar um presente em dinheiro, me pede antes para contar as notas da carteira.

— Vê aí quanto tem...

Não recebo o presente sem me dar conta da sua falência e me digo que teria sido melhor não receber nada.

Você hoje chegou em casa sozinha num táxi especial. Tocou a campainha repetidamente, expeditiva, e entrou me chamando e já seduzindo a empregada nova.

— Que menina bonita! De onde foi que você saiu?

— Daqui mesmo.

— Você é bonita porque é jovem. Quantos anos?

— Vinte e quatro.

— A vida pela frente.

— Não sei, não.

— Quantos você me dá ?

— Não sei dizer.

— Pois eu tenho 98.

— Verdade?

— Ana Lúcia está? Sou a mãe dela.

— Um minutinho. Vou já chamar.

Fiquei irritada ao te ver na sala de casa. Será que você não se dá conta de que não pode mais sair desacompanhada? De que você põe a sua vida em risco? Veio de táxi sozinha!

— Da próxima vez que você vier aqui sozinha, eu te mando de volta. Não faz isso de novo!

Você não ligou para o que eu disse e, antes mesmo que eu protestasse, me cobrou com uma pergunta.

— Por que você não foi ao enterro da minha amiga? Telefonei para sua casa e ninguém atendeu. Fiquei o tempo todo sozinha no velório. Você sabia do enterro... o filho dela te avisou.

— Verdade, eu sabia. Não fui, não pude ir. A reunião durou mais do que eu imaginava. Mandei uma carta para o filho da sua amiga.

— E a carta diz o quê? Quero ver se você foi mesmo capaz de consolar o menino.

— "Sei do luto, da tristeza. Mas a sua mãe não deixou de existir porque deixou de viver. Nunca será esquecida."

Você se satisfez, dizendo-se talvez que eu nunca me esquecerei. Mas a vida será mais fácil depois que você não estiver aqui. Não vou ter medo de que algo de ruim te aconteça.

Ao sair da minha casa, você tropeçou na soleira da porta e só não caiu porque a empregada te segurou. Ainda bem que você a seduziu ao entrar. O tropeço, aliás, nada significou para você, que se aprumou e foi embora. Ou por nem ter se dado conta do tropeço ou por ter tirado de letra.

Não sei bem o que devo pensar do ocorrido. Contei para o meu irmão.

— Por que você não respeita a liberdade da mãe?

— Mas a que liberdade você se refere? À liberdade de tropeçar, cair e se machucar?

Como pode o meu irmão não enxergar a realidade? Não vê que você pode fazer mal a si mesma. Temo, inclusive, que o seu verdadeiro problema seja falta de crítica. Você não percebe que já não tem condições de ir e vir. Ou tem e eu estou enganada? Já caiu inúmeras vezes. Ao sair, pode ser atropelada e, até mesmo, numa cidade como a nossa, sequestrada. Se isso acontecer, como fico eu quando for chamada para te socorrer? Você caída no meio da rua... a perna esmigalhada. Você nas mãos de um sequestrador... Como fico eu, se tiver que negociar com o bandido?

— Alô? O quê? Foi sequestrada? Não é comigo, eu não estou aqui... passe bem.

Você não dá sossego. Só mesmo se eu pudesse te amarrar, e provavelmente nem assim, porque você encontraria um modo de escapar ao meu controle.

Ontem, você chegou em casa sem aviso prévio. Hoje, fez isso no escritório, entrou sem perguntar se podia ou não, e, com a sua simples presença, suspendeu uma reunião de advogados que havia apenas começado, por ter certeza de que a filha devia estar lá para você.

Você considera que é um direito chegar sem mais nem menos, pois sempre esteve disponível. Só não digo que eu não pedi para nascer por ser um absurdo e, sabendo que você não tem crítica, não posso te responsabilizar pelos seus atos.

À mesa, quer ser servida como bem entende. Exige que eu acrescente sal e vinagre numa salada já bem temperada. Mais que isso, ponha quatro colheres de açúcar no seu café. O médico? Ora ...

— Tanto açúcar assim?

— Não aborrece. Quatro colheres, eu já disse. Por que você se preocupa? Me deixa em paz. Passa o açucareiro.

Passo, considerando que não foi graças ao médico que você chegou aos 98 anos e que você sempre foi de bater o pé, embora a batida agora seja diferente... descontrolada, impulsiva. Winston Churchill depois da queda...

Pensando bem, não foi por acaso que a imagem do primeiro-ministro me ocorreu. Churchill venceu a dificuldade de falar e se tornou um grande orador. Ninguém se esquece dos discursos que mantiveram o povo britânico coeso durante a Segunda Guerra. "Nada tenho a oferecer senão suor, sangue e lágrimas... Jamais capitularemos."

Como o ministro — guardadas as proporções —, você não parou de se superar. Tem uma confiança inabalável em si mesma e se distingue pela capacidade de vencer obstáculos e resistir.

Queria porque queria se casar com meu pai. Alegando os muitos anos que ele teria até se formar, sua mãe insistiu para você mudar de rumo. Como as amantes clássicas, você respondeu que podia esperar o tempo que fosse, pois o noivo era tão único quanto o seu amor por ele. Venceu por ser capaz de um amor maior do que a vida.

Resistiu depois à morte do amado, conferindo a ele o dom da ubiquidade. Onde quer que você esteja, ele está com você. Por isso talvez me peça para ficar sozinha... sozinha com o amado certamente, de mãos dadas no cinema, dançando tango em Buenos Aires, ouvindo Piaf cantar "*La vie en rose. C'est lui pour moi/ moi pour lui dans la vie/ il me l'a dit m'a juré pour la vie.*"

O meu irmão não aparece... Só te telefona quando, por uma ou outra razão, ele se desespera. Deve se dizer que não foi para supliciá-lo com a imagem da sua decadência que você o pôs no mundo. Não tem consciência da irresponsabilidade. Tenho que perdoá-lo, pois ele é seu filho. Se isso acaso significa não me vingar dele, eu já perdoei. Impossível, no entanto, por mais indulgente que eu seja, não ficar ressentida. A menos que eu faça pouco dele.

O capítulo do desprezo pelo irmão é funesto. Desprezar é matar o irmão em si mesmo, perder a infância. Nós que vivemos na mesma casa, dormimos no mesmo quarto, brincamos juntos. Nós que nos gostávamos...

Se você pudesse me consolar! Mas o tempo do consolo passou. Você já não pode. Quem deve poder agora sou eu e, para ser livre, preciso aceitar isso. Você hoje é menos a nossa mãe do que o legado de si mesma. Semiviva, como um passarinho que quebrou a asa e está destinado a permanecer até o fim no chão... que já não é passarinho, pois não voa.

Meu irmão não quer saber de você com a asa quebrada. Quer ser avisado no dia em que você morrer e ponto. Não pensa na sua morte como eu, pois não enfrenta cotidianamente a *via crucis* da sua decadência.

Só não desejo a sua morte porque você, de repente, ressurge como era... uma palavrinha ou um gesto que evoca o passado... e você me dá a ilusão de ser ainda a sua eterna filha.

Decadente, mas bem esperta ainda. Como não quero te deixar sozinha com a empregada nos fins de semana, pedi a você o telefone de uma certa Lúcia, cuidadora boa que foi dispensada. Pedi em vão. Você ora havia perdido o número da Lúcia, ora ia procurar. Telefonei para todos os conhecidos e arrumei outra pessoa. Levei na sua casa, depois de ter te lembrado que ela era formada em enfermagem e tinha a melhor das recomendações.

Você, que não quer ouvir falar de enfermeira, a recebeu com uma pergunta descabida.

— Verdade que você sabe cozinhar?

— Bem... Mas se for preciso cozinhar, eu até sei.

Ficamos ela e eu esperando a sua reação. Como você aprovou a resposta, eu a contratei. Secretamente, no entanto, você não estava de acordo com a iniciativa e, no dia seguinte, me acordou com um telefonema.

— Adivinha quem está aqui em casa.

Estranhei o entusiasmo e permaneci na linha à espera.

— A Lúcia, filha... ela voltou.

— O quê? Mas eu ontem contratei outra... a que eu levei na sua casa...

— Não sabia.

Diante da perspectiva de ter uma pessoa escolhida por mim, você achou a antiga cuidadora e driblou os meus cuidados. Não é preciso dizer que eu me revoltei. Foi inútil, claro.

— Já está tudo acertado. Não se preocupe com mais nada. A cuidadora vai ser a Lúcia.

O fato é que, aos 98 anos, você é capaz de me passar a perna. Pode ser aborrecido, mas não deixa de ser impressionante. A idade te deu um alvará para só fazer o que bem entende. Isso pode me irritar. Porém, sei que você, como o poeta, tem direito à licença e acabo rindo dos seus atos. O poeta tem licença de versificação, sintaxe e ortografia. O velho tem outras licenças não catalogadas, e talvez não catalogáveis, porque muda o jogo continuamente.

— O laboratório... eu não quero ir.

— Precisa, mãe. Já está marcado.

— Não quero...

— E com o médico, o que eu faço?

— Vem me buscar às três...

Vou às três e o diálogo continua. Me esforço para não perder o controle... Às quatro, uma hora depois, consigo te levar ao médico.

Mas sei que você precisa insistir na sua independência. Se eu tentasse te convencer de que você deve aceitar ajuda, daria com os burros n'água. Nós não estamos mais sujeitas à mesma lógica e é um suplício impor isto ou aquilo Entendo por que o lar dos velhos existe.

O melhor exemplo das suas licenças é o elogio que você faz a si mesma. Como hoje, ao chegar em casa com a Lúcia. Tocou a campainha repetidamente e cumprimentou a empregada.

— Bom dia. Você, bonita como sempre. Vai tudo bem?

— Não posso me queixar.

— Se não pode se queixar, é porque vai bem. Como eu. Por sorte, faz frio nesta cidade. Sem inverno, não há como ser elegante.

— O quê?

— Falei da minha elegância. O meu casaco é lindo, não é?

De lindo, o casaco não tinha nada, porém a pergunta impunha a aprovação e eu disse o que você queria ouvir da empregada.

— Você está ótima, mãe. Faz tempo que eu não te vejo assim tão bem! Só que nós precisamos comprar um par de sapatos novos.

— Que história é essa?

— O seu salto é alto demais...

— Alto para quem?

— Perigoso cair.

— Não tem perigo nenhum. Vê se não gasta dinheiro à toa comigo... Eu só uso salto de vez em quando.

— Mas, para cair, uma vez basta.

— Não me amola, eu ando devagarinho e pronto.

Você não suporta que eu ponha reparo em nada e recusa os pequenos cuidados a que me sinto obrigada: pôr um xale nas suas costas para evitar que você se resfrie, abotoar sua camisa ou tirar o excesso de maquiagem. *Não compra, não põe, não abotoa, não tira, me deixa.* Para quase tudo você diz *não*, procurando afirmar sua independência. Mais que isso, deseja ser perfeita aos meus olhos. Exige que eu não veja falha alguma em você e só ouça o que você deseja ter dito. Do contrário, não se sente amada.

Sumariamente, a ordem é não interferir. Porém, a cada dia você está um pouco mais gorda e anda com mais dificuldade. Você, hoje, provoca o sentimento de pena que quer evitar. Sobretudo quando, por não ouvir ou não entender o que as pessoas falam, fica ausente no meio delas. O olhar perdido, sentadinha. A menos que eu esteja ao seu lado, explicando o que foi dito.

Gostaria de ser budista para considerar que o envelhecimento é natural e não me tocar. Só que o envelhecimento, em geral, ao qual os budistas se referem, é uma coisa, e o da mãe, em particular, é outro.

A pele dos seus dedos melhorou, porém as unhas continuam afetadas pela micose, que parece ter encontrado nelas o território ideal. São como pequenas conchas rochosas. Ninguém envelhece sem se transformar. Imagino o que o tempo diria, se falasse: "Quer continuar na face da terra? Quer outros nasceres e pores do sol, novas luas? Aceita ser como os paquidermes."

Passou a época em que eu deixava a minha casa a fim de dormir na sua. Por ter medo de que você morra durante a noite... Como se, diante do corpo, eu precisasse sair correndo. Vi isso nos filmes de terror. Mas por que motivo o cadáver assusta? Porque é tomado por um fantasma? Inconscientemente, nós damos vida ao morto, projetamos nele o nosso poder de agir....

Atualmente, eu vou te ver durante o dia e ler o único texto que te faz sonhar, as cartas do meu pai. Você sabe cada uma delas de cor.

— Lê aquela em que ele me diz: "Conte tudo o que você fez ou pensou, pois tudo será de grande interesse."

E eu leio, pela enésima vez, a carta do jovem médico sobre uma paciente que, por ser pudica, se assustou ao vê-lo se aproximar do leito. Antes de examinar a moça, fez questão de conversar longamente com ela e, para que você entendesse o procedimento, explicou-o na carta: "Se o médico não se dispõe a escutar o paciente, não fica sabendo o que precisa para curá-lo."

Quando terminei a leitura, você comentou que só é possível curar o corpo consolando a alma. O seu comentário é digno de Hipócrates, que não separava o corpo da alma e, consequentemente, não queria vencer a morte, como o seu médico. Queria, isto sim, cuidar da vida.

Sou a pessoa com quem você mais fala, mas talvez seja a pessoa com menos condições de te ouvir. Quando te ouço, eu preciso de consolo.

— Antes de se apagar, o seu pai me disse *querida, eu vou morrer.* Como é que ele soube? E eu, filha, quando?

Daí, você repetiu que está preparada... Disse isso para que eu não me desespere... para me fazer aceitar o inaceitável.

Só me restou perguntar como você quer estar no caixão.

— A roupa branca, o *tailleur*... já mandei três vezes para o tintureiro.

— Três vezes por quê? O *tailleur* está manchado?

— Não, filha... é que eu mando para o tintureiro e depois uso de novo.

Você faz isso porque se esquece da sua decisão? Para não voltar mais ao assunto, fiz a outra pergunta que se impunha.

— Quer ser velada em casa?

Você ficou em silêncio e depois respondeu com um *sim* hesitante. Possivelmente, porque nunca imaginou que a casa onde você tanto gosta de viver possa se transformar no espaço do seu velório. Mas logo acrescentou que é preciso servir comida aos presentes.

— O quê? Servir comida?

— Chama uma banqueteira, ora... Tem que fazer. Vou deixar dinheiro para tudo. Não se preocupe.

— A questão não é o dinheiro...

— E tem mais... não quero ficar parecendo um cadáver no caixão, tenho que ser maquiada.

Como se não bastasse, você ainda me disse que ia ao cemitério averiguar o tamanho máximo que o caixão pode ter.

— O da minha amiga não entrava no túmulo... foram obrigados a quebrar a porta... uma cena grotesca. Ninguém merece.

Prometi que o ritual será perfeito, me dizendo que farei o possível, pois a perfeição não é deste mundo. Depois, fiquei à espera de um telefonema que me levasse para outro lugar. Se possível, para outro planeta.

Nunca antes o tempo invisível da eternidade havia sido tão capaz de neutralizar o tempo do relógio como hoje. Almoçamos na sua casa, e eu quis dormir um pouco.

— Quer tirar uma soneca?

— Sim, mãe.

— Então vai que eu vou também.

Apesar do relógio, que bate de meia em meia hora, me deitei no sofá da sala, o meu lugar preferido. Nele, já me curei da angústia que me ronda desde criança. Talvez mesmo desde que nasci.

Ouvi com prazer a batida do relógio. Também por saber que não a ouvirei por muito tempo ainda. O sentimento foi de estar num berço, o do nosso passado comum. Cada batida parecia intensificar o meu sono e o sofá me envolvia mais e mais. Não fosse o trabalho, eu teria me eternizado nele.

Me levantei com a intenção de me despedir. Encontrei você na cama, toda encolhidinha. Acabava de acordar, como eu. Sentei ao seu lado e acariciei a sua cabeça, os seus cabelos brancos.

Sorriu ao ser acariciada e se lembrou de uma carta em que meu pai fala da calvície futura dele e da compensação que seria passar a mão no seu cabelo. Sei, por ter lido, que ele termina se referindo ao caráter sublime do amor entre vocês. O nosso também é, sempre que eu enxergo o quão delicada você se tornou... tanto quanto um recém-nascido. Isso me comove e me amedronta. Um empurrãozinho e você cai... Toda cautela é pouca.

Você agora só fala do que foi ou é essencial para você. No almoço, me contou a história do parto do meu irmão.

— A criança nasceu normalmente, mas eu fiquei desacordada. Depois, estranhava tudo à minha volta.

Nada foi fácil na sua vida. Nada é fácil na vida de ninguém, embora eu sempre tenha imaginado que era. Porque você nunca poupou esforços para me facilitar o caminho. Nem por isso eu suporto a imagem da sua decrepitude. Sou narcísica. Mas que culpa tenho eu de me espelhar em você?

Não quero viver com o que terá sobrado de mim. O aumento da sobrevida está danificando a sua vida. Por que nos incutiram a ideia de que estar vivo é só o que importa e que nós estamos vivos enquanto o corpo resiste? O ponto de vista do médico é esse, e o do padre também, pois "cabe a Deus decidir quando e como devemos morrer". Você diz que nem um nem outro te ajudou quando o pai adoeceu. No entanto, acata o ponto de vista deles.

Isso acontece porque o instinto de vida existe ou porque você não tem liberdade? Ninguém duvida da existência do instinto nos animais. Nenhum deles tem a liberdade de não viver. Mas nós temos, e o que nos diferencia é isso. Por sorte, eu escrevo para uma interlocutora imaginária que me dá ouvidos. Você faria ouvidos moucos se não me mandasse calar a boca.

Apesar da mobilidade excepcional para 98 anos, sua característica é a fixidez. Você se levanta e se desloca com dificuldade. Suas mãos angulosas e encarquilhadas são a expressão do tempo que passou.

Durante a conversa de hoje — conversa entre aspas, porque ela se tornou impossível —, percebi que o seu couro cabeludo está visível. Você não fez quimioterapia, porém ficou quase careca. Se o tempo falasse, ele diria: "Quer continuar na face da terra? Quer outros nasceres do sol, novas luas? Aceita ser calva?"

De tão baixinha, não consegue pendurar a roupa no armário e não me deixa ajudar.

— Deixa que eu penduro.

Me calo para não ser escorraçada. Você sobe na ponta dos pés, alça o corpo e tenta até o limite das suas forças. Só então eu ouso ajudar.

— Agora já está.

— Todo dia eu mesma faço isso.

— Que bom, mãe !

As questões do cotidiano, que só dependem do hábito, você resolve. Isso explica por que só fica bem em casa. Tudo organizado como sempre. Nada muda há anos, pois a mudança se tornou impossível. Apesar de viva, está cadaverizada, um robô cujo motor é o hábito...

Não ousa nada de novo. Ser velho é isso. Pouca coisa te move. Só sai do sério quando alguém insiste para você fazer isto ou aquilo. Nada te exaspera mais do que perder o controle da situação, razão pela qual você primeiro diz *não* para tudo.

O pior é que, pela rigidez, você não pode se pôr no lugar da pessoa a quem você diz *não*. Noutras palavras, você me tortura e me obriga a ser indiferente para ser boa.

Quem se expatriou hoje foi você. Ao chegar na sua casa, vi uma garrafa de vinho do porto em cima da mesa e você, estirada numa poltrona.

— O que é isso?

— Como assim?

— Você bebeu metade da garrafa...

— Um vinho ótimo, filha. Quer experimentar?

— Quem te deu?

— O seu irmão. Experimenta, você vai gostar.

Meu irmão passou na sua casa e deixou o único presente que você não pode receber. Você não reclama da ausência dele, pois a indiferença é hoje o seu sentimento predominante. Por sorte, ainda nos reconhece e sabe me dizer se ele veio aqui ou não. Como será no dia em que você não souber nos reconhecer? Não consigo imaginar. A sua longevidade se torna maléfica. Mãe nenhuma merece não reconhecer mais o filho e infligir a ele o golpe de não ser reconhecido.

A menos que eu preste muita atenção, você só se repete. O conteúdo da sua fala é sempre o mesmo. O que varia é a forma, e, para me dar conta da variação, preciso ficar mais do que atenta. Um esforço contínuo. Verdade, no entanto, que você pode me surpreender.

— Lembra da viagem do seu pai para a Antártida? Queria ser marinheiro...

Descobri a origem da minha paixão pelo mar. Mais que isso, me dei conta de que não herdamos só os traços físicos, porém também as paixões. Daí o *filho de peixe é peixinho.*

Como você, eu gosto do amor e estou pagando por isso. Se eu pudesse ser diferente... ser como o meu irmão. Nunca deveu nada a ninguém. Mais que isso, considera que tudo lhe é devido. Só pensa em si mesmo. A marca dele é a insensibilidade em relação aos outros. Quando eu disse que não devia ter dado o vinho do porto a você, ele me deu uma resposta inacreditável.

— Da próxima vez, eu levo um licor, Grand Marnier, a marca que ela prefere.

Se você cair e se machucar, para ele tanto faz.

Antigamente, eu passava os fins de semana inteiros na sua casa. Hoje, passo uma horinha sempre que posso. Por imaginar que, se te encontrar e perder repetidamente, não serei golpeada pela sua morte. Saio exaurida pelo esforço de me ligar a você e aterrada pelo sentimento de ter ficado ainda mais órfã.

Por que o médico não pode te ajudar a ir embora? Cuidar da vida também é isso. Por que ele não aceita a morte? Segundo a mitologia grega, além de ser capaz de curar, Asclépio era capaz de ressuscitar os mortos. Zeus o aniquilou por não querer que os mortais tivessem poder sobre a morte.

Para o seu médico, a morte é um adversário, e você não concebe a possibilidade de decidir sobre o próprio fim. A ideia de ser ajudada a morrer não passa pela sua cabeça, porque você não tem autonomia. Foi educada para se resignar, esperar o fim, doa o que doer.

Por sorte, a janela me propicia o esquecimento. Um helicóptero atravessa o céu e o movimento dos carros é contínuo. A vizinha passeia com o eterno poodle branco. Vai e vem, só parando quando o cachorrinho para, esfregando-se em algum outro ou farejando os canteiros. O ritmo da vizinha é o do cachorro. Gostaria de ser ela.

O palhaço que ganha a vida na praça, bancando o idiota, chegou. A esposa dele, que de idiota não tem nada, passa o chapéu e canta, incitando o marido a começar. *Sei que é doloroso um palhaço/ Se afastar do palco por alguém/ Volta que a plateia te reclama.*

As pessoas se aproximam e ele levanta o traseiro para cumprimentar. Depois, ri como quem chora, fechando os olhos sempre que puxa os lábios em direção às orelhas. Metade do palhaço é riso e a outra metade é choro.

O tempo que passou trouxe o benefício de mudar sua relação com o tempo — ele se tornou inteiramente seu. Você está sempre disponível para ficar comigo ou com os outros... aniversário, enterro, missa de sétimo dia...

— Vem comigo, mãe?

— Vou. Não tenho mesmo o que fazer...

Embora a sua capacidade de comunicação seja mínima, estar com os outros é fundamental para você, que não poupa elogios a quem aparece. Sempre me espanto quando você elogia alguém pela beleza ou pela elegância. Como pode fazer isso se não enxerga?

Faz, porque não teme o julgamento alheio. Pouco importa cometer uma gafe. Você está acima da gafe, e o que não é possível para os outros se torna para você. Como o poeta, você inventa o possível.

Desde que nós estejamos juntas, você está bem.

— Agora que você chegou, filha, vai dar tudo certo.

Me comovo ao ouvir isso. Ninguém confia tanto quanto você no amor, e a sua longevidade também se deve a essa confiança. Graças a ela, você faz pouco da sua imagem no espelho.

O que você vê, ao se olhar, é a mulher que amou e foi amada... a que foi embelezada para todo o sempre pelas juras de amor: *Eu te amo. Sem você eu não existo. O "até que a morte nos separe" não nos concerne. Quem sabe de nós não é a igreja, é o poeta. Você e eu não somos pó... somos pó amoroso. Você e eu... eu e você... você e eu...*

Onde está a dentadura?

E você anda de um lado para outro à procura dela. Quando estamos em casa, tudo bem. Mas eu já tive que procurar a fatídica embaixo da mesa do restaurante!

— Procura, senão eu não saio.

Procurei, mas pedi a você que não a tirasse em público. Ai de mim!

— Você não tem vergonha de dizer isso? Acha que vai ficar sempre jovem? Que nunca vai perder os dentes?

— Desculpe.

— Vai à merda.

Você fechou a cara e não quis mais falar comigo. Como se eu estivesse fazendo pouco de você. Seja como for, não posso deixar que apareça em público sem dentes, lembrando uma caveira. Será que faz isso para torturar os outros ou por querer uma prova de amor?

Ao ver o tamanho a que você ficou reduzida, tenho vontade de sair de cena. Melhor seria não te ver, só te ouvir. Me limitando ao que você diz, eu ainda consigo me surpreender e ter alguma esperança. Quero ficar só com as suas palavras até o seu fim e o meu, ao qual estarei mais exposta assim que você se for.

Sei bem que a sua vida é uma semivida, mas para mim é um escudo contra a morte. Não estou preparada para o fim. Consta que a própria natureza prepara a pessoa, desliga todo dia um pouco mais da vida. Por enquanto, não sei o que é isso. Porém, não vou me debater contra a morte, não vou fazer como a *mamma*, que já estava nas últimas e não queria ir embora.

— Não sai do quarto. Não me deixa morrer...

Mais apegada à vida do que a sua mãe, eu não conheço. Você deve ser longeva também por isso.

Telefonei cedo para saber como você passou a noite. Caiu no banheiro e ficou no chão de ladrilhos até a Lúcia acordar.

— Não sei como isso aconteceu, filha. Duas horas estendida no chão. Senti frio até na alma.

O que eu faço para impedir que o acidente se repita? Três cuidadoras por dia? Uma a cada oito horas com a ordem expressa de não dormir... os recursos do hospital para evitar a queda. Se você tiver uma fratura da perna, não há como reverter a situação... a reabilitação é praticamente impossível. Terá que ficar numa cadeira de rodas até morrer. Isso eu não quero. Só me resta fazer um hospital em casa, pois do contrário você se sentirá diminuída. Estar diminuída é uma coisa, sentir-se é outra. A farsa agora é imperativa.

A sua vida te expõe ao "frio até na alma" e me obriga a mentir. Assim, quando você perde os óculos (quase todos os dias), eu procuro te apaziguar.

— Também eu perco. Normal... isso é normal. A partir de agora, você deixa dois óculos em lugares diferentes da casa. Quando não achar um, pega o outro e pronto. Faz isso que dá certo.

O pior é que, depois de ter caído, você quer dispensar a Lúcia, a cuidadora que você mesma escolheu.

— Não para de falar... e nem cozinhar ela sabe.

Podia deixar de rir ao ouvir isso? Ri, claro, mas o que eu faço? Na verdade, você desejaria que a cuidadora fosse eu. Me deu a vida e agora, secretamente, não me autoriza vida própria. Tudo bem me ocupar de você, só que ser cuidadora eu não posso. A menos que eu deixe de trabalhar no escritório, ponha um advogado para me substituir. E, mesmo para me ocupar de você, eu preciso me cuidar. Do contrário, não estarei à altura da missão. Você, no entanto, estranha o meu comportamento e sai com considerações inimagináveis.

— Minha filha gosta tanto de nadar que vai morrer na piscina.

A sua ironia me obriga a me desdobrar. Há algum tempo, eu não sou uma, sou duas. A primeira pensa, mas não diz o que pensa (*Você mais parece um general. Não suporto o seu autoritarismo*). A segunda só diz o que você quer ouvir (*Você está mais elegante do que nunca. Nem parece que tem 98 anos*). A primeira se pergunta por que você não se entrega à cuidadora para dar menos trabalho. Ou seja, por que não aceita a sua condição. A segunda não se pergunta nada. Faz o que você manda. Para tudo ela diz *está bem, pois não.*

Sou a que se irrita e a outra, que tem uma paciência infinita. Por saber que a condição da sua vida é a ilusão de que você governa, além de reinar.

Quando estamos à mesa e você se impacienta sem razão, repetindo incansavelmente o nome do prato que deseja comer — como se ele devesse estar na sua frente pelo simples fato de você tê-lo imaginado —, eu digo *calma* com uma voz macia, embora sinta vontade de gritar e repetir a palavra *espera*.

O risco que eu corro o tempo todo é o de perder o controle por ter que domar a fera em que você se transforma. Temo ser uma megera em vez de ser o cordeirinho do bom pastor de que você precisa. Devo considerar que o equilibrismo contínuo é um grande aprendizado e que eu tenho a sorte de me exercitar nele? Infelizmente eu não sei fazer o jogo do contente.

Me sinto tão encarcerada pela missão atual quanto você pela sua idade. Somos reféns do tempo, as duas. Sempre fomos, aliás. Porém, eu antes não me dava conta porque o tempo é invisível. Só os efeitos dele é que não são. Para ver isso, basta se olhar no espelho com olhos de quem quer enxergar. Possível que você nunca tenha se olhado assim. Que você só se veja como era vista pelo amado. Tanto melhor.

Você, que sempre leu muito, passou a ter dificuldade de ler e se limitou a olhar os álbuns de família. Faz isso diariamente para frear o esquecimento e lutar contra o tempo que passa. Hoje de manhã, me telefonou desesperada.

— Será que eu estou ficando louca? Já desapareceu um álbum. Agora, não encontro o outro que nós olhamos juntas.

— Calma, o álbum não está perdido. Você pôs em algum lugar e não se lembra. Isso acontece comigo. Mudo uma coisa de lugar e, depois, não sei onde está.

Partilhei o seu drama inventando um outro, que não tenho, e me valendo novamente da expressão *é normal.*

— Não se preocupe... é normal.

Uma mentira atrás da outra, até o fim dos tempos, para minimizar seu sofrimento.

Você não está louca, está perdendo seu maior tesouro: a memória. Se desejasse abreviar sua vida, poderia contar comigo. Queira ou não, tudo o que te diz respeito me concerne.

O fato de se lembrar cada dia menos da fisionomia do amado te desespera. Quem te vê no âmbito protegido da casa, não imagina os riscos a que você está exposta — sobretudo o do esquecimento, claro.

A sua resistência é a prova do quanto você deseja viver. Contrariando a vontade ocasional de morrer, existe um desejo que te faz continuar e talvez tenha a ver com o amor. Quer ficar comigo e me proteger até o meu último dia, que na verdade você não concebe.

A morte do filho é tão inconcebível quanto a falência da mãe. Por isso, eu nego a sua condição, enxergo e não vejo. Assim, enquanto você ontem procurava o aparelho do ouvido, eu não parava de falar. Como se você pudesse ouvir sem o aparelho. Até que você se revoltou.

— Vê se para de falar. Você não percebe que eu não posso tudo o que você pode?

— O que é que você não pode?

— Ouvir.

A resposta doeu como uma chicotada. E você continuou.

— Entende agora por que eu preciso morrer?

Associou a necessidade de morrer à sua condição física, e pela primeira vez eu perguntei se você queria que eu te ajudasse. Você disse *sim*, mas logo se saiu com uma frase que provava o contrário.

— Por favor, marque logo a consulta com a fonoaudióloga. Se possível, amanhã mesmo.

Me dou conta de que você só fala na morte quando não suporta as falhas do seu corpo... Por conta delas, perde a independência e a liberdade de fazer o que deseja, é obrigada a suportar continuamente a frustração. É possível que você durma muitas horas por isso.

— Me deixa dormir. Quer que eu faça o quê? Ficar sentada em casa? Ver televisão sem entender o que estão dizendo?

Ao te ouvir, a ideia de que a própria natureza nos prepara para a morte fez sentido. O suicídio não é um atentado à vida quando esta é contrária a quem está vivendo, e você, hoje, vive na contramão. Isso me intriga e eu me pergunto por que você não se desapega. Talvez tenha a ver com a ideia de que, depois da morte, não resta nada.

Você descobriu que não resta nada quando mudaram o caixão do pai de um lugar para o outro. Foi chamada para testemunhar o ato e constatou que o caixão estava vazio. Voltou aterrada.

— Pensei que veria os restos mortais dele... Não fica nem o esqueleto!

Você talvez tenha descoberto que só pode estar com o amado rememorando, ou seja, enquanto estiver viva. A memória estende para você um tapete em direção a ele. Você pisa no tapete e vai. Passou a vida rememorando para viver. Agora, talvez viva para rememorar.

Quando e como isso vai acabar? Vou ser surpreendida, por mais que eu reflita sobre a sua condição e saiba como é necessário passar desta para outra.

Ao seu lado, só consegue ficar quem não contesta o mando. Você fala dando ordens, se vale da sua condição para impor sua vontade. A fim de escapar à tirania sem me afastar de você, eu faço ouvidos moucos.

Você implica com a cuidadora. Quer uma "simples empregada". Temo que esta obedeça quando você recusa o remédio.

— Deixa o remédio...

A medicação serve para evitar uma embolia. Se você ficar só com a empregada, fica entregue aos seus caprichos, podendo ter um acidente vascular, tornar-se afásica, paralítica...

Será que você recusa a medicação por achar que não precisa dela ou por achar que sem ela você enfim morre? As duas hipóteses são plausíveis, mas eu farei a prevenção do acidente enquanto você continuar apegada à vida.

Além de manter a Lúcia, vou ficar de olho para impedir que você se destrua. Preciso contrariar também o meu irmão, que me acusa de te desrespeitar. Não se dá conta de que a liberdade de não tomar a medicação significa a liberdade de se expor a uma enfermidade indesejada. Sou dura para evitar que você seja traída pelo seu corpo.

Suicidar-se é uma coisa, maltratar-se é outra. Pode até ser que você não tenha essa intenção masoquista, porém corre o risco de se tornar vítima de si mesma e me fazer penar ainda mais. Não posso deixar que você faça o que bem entende. Você está se tornando um perigo.

Dia de folga da Lúcia. A "simples empregada" me telefonou, dizendo que você está vindo para a minha casa.

— Como assim?

— Sua mãe pediu que eu chamasse um táxi.

— Mas eu avisei que não era para chamar.

— Me avisou? Não sei disso, não.

— Avisei a Lúcia.

Ou seja, você driblou as duas e foi em frente. Claro que sair na cidade sozinha aos 98 anos é excepcional, mas também é um ato louco. Até porque o sequestro é sempre possível, embora você não acredite.

— Uma velha, filha! Quem vai querer me embarcar?

Como se a única razão para um sequestro fosse o apetite sexual do sequestrador. A sua resposta me intriga. Por que você pensa no apetite sexual dele? Tem apetite também? Era só o que faltava.

Seja como for, sozinha você não volta. Irá da minha casa para a sua comigo, na hora em que eu puder sair. Isso obviamente requer vigilância. Sem ela, você escapa pelo elevador de trás e, quando eu perceber, já fez o que queria. Ou porque você perdeu a crítica ou porque tem recursos para fazer o que faz e me passar a perna.

Verdade que você sobe e desce a rampa do restaurante, deixando-se conduzir pelo corrimão... sobe e desce a escada de casa tateando o degrau com a ponta do pé. Enxerga com a mente e com o tato. Sou obrigada a me perguntar se desconfio de você por ter uma ideia preconcebida do velho. Nenhuma criança é igual à outra. Nenhum adulto... Por que um velho seria igual ao outro?

O corpo não acompanha mais a cabeça. Por isso, não deixo você fazer o que bem entende. Significaria te expor a uma segunda queda, que pode não ser tão inofensiva quanto a primeira — o braço escoriado do ombro até o cotovelo.

Meu dever é impedir que você sofra inutilmente. Acrescentei a palavra *inutilmente*, pois o sofrimento pode resultar em algo positivo. No seu caso, isso não vai mais acontecer, e eu preciso evitar a licença com a qual você me dribla.

Você não é uma criança, porém eu devo te tratar como se fosse. Além de me frustrar, isso me tira a liberdade de ir e vir. Só não concluo que a sua velhice me escraviza porque meu irmão não se deixa escravizar. Não se preocupa com você e não se sente no dever de se ocupar, como eu.

Com exceção dos momentos em que falo com você pausadamente, olho no olho, você não entende mais nada. Sofro quando vejo isso. Você já não sofre, pois não se dá conta do seu isolamento. Do contrário, recusaria o ramerrão cotidiano de pôr e tirar a dentadura, pôr e tirar o aparelho de ouvir, pôr e tirar a fralda um sem-número de vezes.

Sua vida está num impasse e, consequentemente, a minha também. Para escapar, eu te escrevo, ou melhor, escrevo à mãe que eu tive, a que era capaz de me ouvir e me acalentar, a mãe que eu perdi.

Tudo ficou muito estranho desde que você está sem estar. Quando você já não estiver mesmo, isso não vai acontecer, porque poderei simplesmente imaginar a mãe que você foi. Como o Quixote, prefiro imaginar a viver. Recusou ser quem era para ser quem imaginava: cavaleiro andante. Como ele, quero atravessar a Espanha com você e desafiar quem porventura disser que não somos quem dizemos ser. Prefiro lutar contra moinhos de vento a suportar a perda.

Assim como você, eu quero a lembrança. Você precisa dela para viver ainda e eu, para me sentir segura, como no tempo em que você se sentava na cama, ao meu lado, para uma última conversa antes de dormir...

— Põe a manta, hoje está frio.

— Precisa mesmo?

— Acho melhor. O seu dia foi bom? Conseguiu o que queria?

Nós conversávamos até você perceber que eu estava pegando no sono.

— Agora dorme, meu bem, precisa dormir. A que horas você quer acordar amanhã?

E eu sempre fui acordada na hora certa. Como se você fosse um relógio e estivesse a meu serviço. Impossível esquecer. Sobretudo agora, que eu preciso estar a postos, que o relógio sou eu.

— A mãe acordou? Tomou banho? Vai tomar café? Não se esquece do remédio, Lúcia.

— Não esqueço.

— Antes de acabar, me avisa que eu compro mais. E põe um xale nela, hoje está frio.

Como o relógio, eu repito sempre as mesmas coisas, e a Lúcia cumpre ordens. Estamos a postos.

Antes de viajar a trabalho, eu sempre almoço com você, ou melhor, na sua casa. Para enxergar o prato, você senta no lugar mais iluminado da mesa e eu, na sua frente. Mas não falamos, porque você só escuta se eu pronunciar palavra por palavra. Não tenho como fazer isso comendo. *Palavra/garfada/palavra/garfada...* Ou seja, além de não conversarmos, por ser impossível, cada uma de nós come num ritmo diferente.

Da última vez, nós duas nos perguntávamos se íamos nos rever. Além dos seus 98 anos, você havia desmaiado na véspera. Ambas sabíamos o que passava pela cabeça da outra, porém nenhuma dizia nada. Preferimos não fazer drama. Foi com você que aprendi a ser contida. Não derramou uma só lágrima quando ficou viúva.

Para driblar o mal-estar do almoço, eu te disse que viajava tranquila para o exterior, pois minha filha iria te ver.

— Ninguém substitui ninguém.

Não falou isso para me culpar, e sim para dizer que sou única.

Ninguém substitui ninguém é uma grande verdade, e eu acho que você não atingiu uma idade tão avançada por acaso. Não há como realizar essa proeza sem sabedoria. A menos que a longevidade seja natural e a pessoa se torne sábia por ser longeva.

A sua frase — *Ninguém substitui ninguém* — poderia ter me culpabilizado se eu não tivesse viajado também porque você quis.

— Vai, você vai a trabalho... tem que ir.

E você segue comigo para onde eu for. *Paris, eu vou junto. Roma, eu vou. A luz do norte parece uma carícia... Não conheço, mas imagino. Roma é a minha cidade.*

Você tem o dom da ubiquidade. Por isso, me diz: *Vai.*

Como não é fácil para você sair de casa, nosso passatempo preferido são os álbuns. Hoje, vendo uma das suas fotos de juventude e me detendo na sua roupa, entendi por que você gosta tanto de Paris.

Roma é a cidade da mãe. Quem pensa em Roma, lembra da loba que alimentou Remo e Rômulo. Paris é a cidade da mulher, da parisiense, que inspirou o mundo. Sua característica não é o coquetismo, é a elegância. Sabe se vestir, se maquiar, se pentear... faz tudo para ser digna do olhar alheio. Como você, na sua foto.

Já então você sabia se olhar... na época em que, por não ter dinheiro, costurava a própria roupa. A elegância depende menos do dinheiro que da sensibilidade. A parisiense não precisa ser rica para ser elegante. Com um nadinha ela se transfigura. Uma flor, devidamente escolhida. Um chapéu. Herdou da mãe a sensibilidade para a cor e a escolha do acessório. Sabe que a *voilette*, o leque, a bolsa ou uma simples flor são fundamentais. E a sabedoria talvez nem venha da mãe, pode ter vindo da literatura...

Uma orquídea lilás faz pensar nas flores que uma personagem de Proust usava no decote, as catleias. A importância delas era tal que, em vez de *fazer amor*, diziam *fazer catleia*.

Não por acaso em Paris há espelhos em profusão. A cada dois passos você está diante de um espelho... na fachada de um prédio, na parede de um bar. A parisiense é incitada a se olhar. Não há como ser mulher em Paris sem ser vaidosa. A indiferença com a própria aparência é até malvista.

Vejo na sua negligência atual um indício de decadência. Pode ser, no entanto, que não seja. Normal que, aos 98 anos, ninguém dê satisfação a quem quer que seja. Em certo sentido, ser longeva é ser vitoriosa. Embora você seja assustadoramente corcunda e só ande arrastando os pés, a longevidade é a prova de que somos maiores do que nós mesmos.

À medida que escrevo, você me inspira mais respeito do que cuidado. Foi com você, aliás, que eu aprendi a gostar de escrever. Um sem-número de missivas você trocou com seu noivo, fazendo da espera um recurso para amar, dando a entender que, se não for incondicional, o amor não existe. Numa das cartas, você diz isso, lamentando a sorte de uma amiga, Idelete, que nunca foi capaz de amar de verdade. Desmanchou o noivado, porque o noivo teve uma congestão pulmonar e os pais se opuseram ao casamento. Emagreceu a olhos vistos e também adoeceu. Você a critica por não ter tido coragem de enfrentar os pais e dizer *não* a quem condicionava o amor à saúde. "Que engano! Não há felicidade longe da pessoa amada, esteja ela sã ou doente, na opulência ou na miséria."

O amor verdadeiro é tão raro quanto é hoje a palavra *viático*. Designa os víveres de uma jornada. Preciso de uma palavra rara para falar do seu amor pelo meu pai — foi o viático da vida inteira.

O que te faz viver é o sentimento amoroso, mas não só. À sua maneira, você é taoísta. A base da meditação taoísta é o *não agir*, que implica a paciência e a aposta na transformação. Você não sabe o que é o taoísmo, mas se exercita no *não agir* sempre que o movimento é arriscado. Sai de cena e deixa o tempo fazer o seu trabalho. Podendo, vai para o quarto e fala com o amado.

Se os vivos falassem mais com os mortos, a vida seria melhor... O morto não escuta e não fala, porém o vivo fala por ele para responder a si mesmo. Com isso, é obrigado a imaginar uma resposta sábia. Um exercício teatral que ilumina a vida.

Não fosse o seu taoísmo, você não teria suportado os golpes que sofreu. Primeiro, a perda de um irmão, Aldo, que adivinhava as suas ideias e os seus desejos. Depois, a perda de um marido amado.

A correspondência entre meu pai e você começou pouco antes da morte de Aldo. Na época, você interpretou o fato dizendo que foi inspirada pelo todo-poderoso. Sabendo que você ia precisar de consolo, o todo-poderoso te fez descobrir a missiva e se corresponder com um noivo que nasceu para te consolar e te desculpabilizar. "Ninguém tem culpa da morte de ninguém." "Velhos, moços, crianças, todos morrem, é o destino... deixa de chorar e lembra da sua vida com Aldo."

Nessa mesma carta, você se refere a um diálogo entre Marie e Pierre Curie. Marie diz que, se um dos dois desaparecesse, o outro não devia sobreviver. Pierre discorda:

"Ainda que fiquemos corpo sem alma, devemos viver para continuar o trabalho." Você comenta que a posição de Pierre é heroica e a sua é diferente, pois não suportaria viver corpo sem alma. Depois, pede ao todo-poderoso que se compadeça e nunca a prive do seu amado.

Quando o marido morreu, você deixou de acreditar em Deus e não foi mais à igreja. A sua única religião, desde então, é a rememoração. Nunca me esqueço de uma frase sua: "Não é o tempo que a pessoa vive que importa, mas como ela vive." Uma frase que me faz pensar em outra que li numa carta do pai: "Viver pouco ou muito é a mesma coisa, pois nada é longo ou curto quando deixa de existir."

O tema da morte esteve continuamente presente entre você e ele, está presente entre mim e você. O tema não foi censurado, porque não pode ser. Não é a censura que nos protege, é a consciência de que somos finitos, de que a vida é sempre completa, a despeito da sua duração.

Meu irmão e eu fomos almoçar na sua casa. Sua mesa não tem nada a ver com nenhuma outra. Só importa que a comida seja feita por você ou pela sua empregada para nós. Só por esse fato ela é melhor do que as outras.

Quando você não estiver, eu até posso comer os seus pratos, porém será diferente. Não irei para o Mediterrâneo, ouvindo as histórias sobre a *mamma*, que fazia o molho de tomate em quantidade, só usando o tomate italiano, acrescentando louro, cominho, açúcar e manjericão... Sua mesa também é a dessa *mamma* que não se senta mais nela, mas continua presente e conta as histórias de uma Itália onde as mulheres nasciam para ser mães e depois viúvas e ainda se vestem de preto... nasceram para o luto e a rememoração... fazem a história com suas palavras e seus ais.

Só na sua casa eu me encontro com meu irmão e só agora entendo que o amor entre nós não é possível. A irmandade me obriga a respeitá-lo e ponto. Já não o cobro pelo que ele não faz e não me deixo cobrar. Não somos dois estranhos, mas também não somos próximos. Basicamente, porque ele não quer ser incomodado e nega a atenção de que você precisa. Se eu disser que você está no fim, ele me responderá: "A morte não é nada." Coitado. Vai chorar mais do que eu no dia da sua morte. Às vezes, acho que ele é desprezível; outras, que é simplesmente digno de pena. Quem não se acovarda diante da velhice extrema?

No entanto, uma rivalidade sorrateira nos separa. Para ele, eu sou "a preferida da mãe". Pode ser verdade, por ele não gostar de você como eu, por ser tão distante. Seja qual for o motivo, irmão nenhum suporta uma preferência. Caim matou Abel porque foi a oferenda de Abel que Deus preferiu. Esaú tentou matar Jacó por este ser o preferido da mãe.

Não soubemos do ódio que pode levar um irmão a matar o outro graças a você, ao desejo de que fôssemos "dignos do pai". Se Rebeca, a mãe de Esaú e Jacó, não tivesse se oposto ao pai dos gêmeos, um não teria matado o outro, ou melhor, tentado matar.

A história inteira é aberrante. Sendo o mais velho, Esaú tem o direito de primogenitura. Volta exausto da caça e pede um prato de lentilhas a Jacó, que, em troca do prato, quer o direito. Sem se comprometer verdadeiramente com a palavra dada, Esaú cede.

Um tempo depois, Isaac, o pai dos dois, resolve confirmar Esaú como primogênito. Contrariada por esse propósito, Rebeca convence o caçula a vestir a roupa do mais velho e se apresentar para a confirmação. Como Isaac está cego, o caçula é confirmado. Ao descobrir que foi traído, Esaú quer matar Jacó, que é obrigado a se exilar. Nas nossas origens estão o orgulho ferido de Caim e de Esaú... o assassinato de Abel, a tentativa de assassinato de Esaú e o exílio de Jacó.

Você sempre imaginou que as relações de infância bastariam para sustentar a irmandade. Engano seu. O fratricídio está sempre no ar. Um irmão naturalmente amigo é uma raridade. Nunca conversei a sério com você sobre o assunto, e você não teria me dado ouvidos por causa da sua relação com Aldo.

Ainda ontem, você me mostrou fotos dele. Sempre sorridente. A morte de um médico recém-formado era inimaginável, e você talvez tenha me mostrado as fotos pela enésima vez para que eu me desse conta da tragédia. Mostrou, dizendo que, depois dessa morte, sua mãe nunca mais quis saber de festas e sua vida mudou. Aldo deixou duas viúvas: a própria mãe e você.

Não sei como será a vida depois que você já não estiver. O fato de poder te encontrar me conforta. Um só gesto de amor seu evoca o amor da vida inteira. O copo de água que você me oferece quando chego. O comentário sobre a minha elegância, seja qual for a roupa que eu esteja usando. O vaso de flores que você insiste em me dar quando eu vou embora.

— Leva, filha, põe na sua casa.

Claro que eu agradeço pelo vaso e só não rego todo dia quando se trata de uma orquídea. Não sou orquidófila como você, mas sei que essa planta não gosta de água e é preciso falar com ela para que seja *lan*, palavra que em chinês significa beleza, delicadeza, amor, pureza e elegância.

Hoje, você não se lembrou da sua melhor amiga.

— Ana? Mas quem é Ana?

— A sua amiga... Ela quer te visitar.

— Então me diz quem é, eu não me lembro.

Tive que dizer como ela é e o que faz, mas fiquei sem saber se confirmava ou não a visita. Cada falha sua é uma facada. Se a sua vida pudesse acabar... Antecipo o dia em que você vai me perguntar quem sou e eu vou me desesperar. Preciso me opor à tendência de me afastar de você. A cada dia que passa, o cumprimento da missão se torna mais difícil.

Mas a velhice extrema também pode ser engraçada. Eu ontem não acreditei no que aconteceu. Por fazer muito calor, você estava de short quando cheguei. Mal entrei e você sugeriu que ficasse só com a roupa de baixo.

— Quente demais. Tira tudo e fica à vontade. Você está em casa.

Tirei o vestido e fiquei de calcinha e sutiã. Você me olhou e comparou as nossas pernas.

— As minhas pernas são mais bonitas do que as suas. Pena que não tenha quem olhe para elas.

Disse e caiu na gargalhada.

Quis saber se você gostaria de ter um homem na sua vida e você desqualificou a pergunta.

— Por que você está perguntando isso? Só porque as minhas pernas são mais bonitas? De onde você tira as ideias malucas que você tem? Nunca pensei em outro homem. Sempre quis e só quero o seu pai. Seria bom você consultar um psicanalista o quanto antes.

Você está no exílio, ainda que more onde sempre morou. Nunca saiu do lugar, porém a sua posição mudou por causa de um corpo que não te segue e não te permite fazer o que deseja.

— Vou almoçar na casa da sua tia.

— Mas você vai como?

— Se alguém me levar, eu vou.

Você ficou em casa, agradecendo aos céus por ter sido convidada pela tia e contando o número de telefonemas que recebeu. Cada telefonema é um trunfo e é, também por isso, que eu ligo diariamente e procuro te surpreender. Um vaso de flores... um cartão que alguém lerá para você ou uma caixa de chocolates, que você devora apesar do diabetes.

— Tanto assim? Açúcar faz mal.

— Deixa, filha. Depois eu aumento a dose de insulina e pronto. A Lúcia mede todo dia.

Com a surpresa do vaso de flores, do cartão, da caixa de chocolates, você momentaneamente sai do exílio. Ontem, fez isso com as preciosidades guardadas no armário, duas bolsas dos anos 50. Uma é dourada de gobelim, flores cor-de-rosa e lilás. Outra é de miçangas pretas com desenhos florais. Além de serem de um outro tempo, evocam uma relação com o tempo em que o trabalho era manual e a pressa não existia. Bolsas da metade do século passado, das festas a que você ia com meu pai e todas as luzes se acendiam para você. *Baila comigo... até amanhã de manhã... sei que você me olha e me quer... no silêncio do meu quarto só o que eu vejo é o seu retrato... Baila comigo... Duvido que alguém seja assim capaz de um amor tamanho.*

Para a recém-nascida que eu fui, você cantava na língua da *mamma*. Vi a foto em que estou nos seus braços e enxerguei o seu sorriso. A sua alegria não podia ser maior.

Além desta foto, há, no mesmo álbum, uma outra em que apareço sentada num gramado, de vestido longo. Devia ter uns seis meses. Supostamente, você arrumou a saia para que ela delimitasse um círculo, de modo que o busto da princesinha ficasse no centro e ninguém duvidasse de que eu era uma princesa de verdade. A alegria que a maternidade te deu me fez ser mãe.

Ignoro quase tudo da primeira infância, pois você pouco me contou. Quem, aliás, não ignora? A mãe fica siderada pelo bebê e dispensa as palavras. Mesmo porque o que se espera dela são os cuidados físicos.

Passada a primeira infância da sua mais velha — eu —, você engravidou de novo, perdeu a criança e quase morreu. Devo ter servido de muleta e me sentido tão imprescindível quanto hoje. Já ali você começou a me formar para que me ocupasse de você na velhice, e não passa um dia sem que eu te veja ou te telefone ou pense em você. Como se assim eu pudesse evitar o momento em que a sua morte me surpreenderá.

Presunção! Quem garante que eu não vou morrer antes de você? Só da falta de garantia nós temos certeza. Ninguém podia imaginar que a vida do pai seria ceifada antes mesmo que ele tivesse cabelos brancos e você estaria viva ainda hoje, aos 98. O que faz alguém viver tanto? Acho que não há resposta para essa questão, e eu não sei dizer por que você alcançou a sua idade.

A cuidadora me contou que, a seu pedido, está lendo as cartas. A missiva foi tão importante para você que o carteiro é mencionado repetidamente. Você o esperava no portão e, vendo-o na rua, ia ao encontro dele.

— Hoje tem?

Quando não tinha, ele respondia em tom melancólico.

— Quem sabe amanhã...

Também para o pai, a correspondência foi decisiva. Permitiu suportar a vida longe dos queridos. "Só as cartas me dão ânimo para trabalhar. São como o *estrofanto* para quem sofre do coração. Me fazem ressuscitar. Na semana passada, estranhei a demora do carteiro. Será que ela está zangada? Será que está doente? Ou será que a carta extraviou? Felizmente, foi um extravio, mas eu gostaria de saber por onde a sua carta anda. Me escreva dizendo o que havia nela. Cada palavra..."

Pelo fato de ler as cartas, a cuidadora está te conquistando. Bom saber que não sou de todo insubstituível. Perguntei a ela qual a última carta lida.

— Aquela em que seu pai pergunta para sua mãe se ela se importava com o fato de ele flertar com uma ou outra moça "só para me distrair, pois o meu coração é todo seu".

O que mais contava para vocês era a lealdade, e você respondeu que não se importava. Sabia que a fidelidade obrigatória não tem valor e queria a fidelidade do coração. O ciúme nunca fez parte de seu repertório. A lealdade do meu pai era a prova do amor dele. A resposta que você deu é a prova da sua inteligência. Você era até favorável ao flerte, porque a vida do noivo, longe da cidade natal, era difícil. Só a felicidade dele interessava.

Nada podia separar vocês. Numa das cartas, ele te previne que corria o risco de ser pobre como outros colegas, porém nunca renunciaria à medicina... Sua resposta foi contundente: "Nunca seremos pobres por termos a sorte de pertencer um ao outro. Ninguém pode se considerar mais rico do que nós."

Entre vocês, a coincidência era absoluta e, com base nessa coincidência, você assumiu o papel do meu pai quando ele morreu. Nunca superou "a desgraça", porém não se deixou abater, pois o abatimento o teria contrariado.

Tendo sido mãe-coragem, você é hoje a velha senhora. Ninguém espera de você que faça isto ou aquilo. Tem todo o direito de não fazer nada e ser servida. Mas, para você, não basta simplesmente estar conosco — como se estar viva assim não fosse estar viva. Você quer contar pelo que faz e por isso corre diferentes riscos. Como o de se queimar, pois o bolo precisa ser feito em casa *como sempre*. Na falta da empregada, você entra em campo e, da última vez, além de queimar a mão, deixou o forno ligado.

Se eu pudesse te convencer de que a sua conduta é perigosa e você precisa renunciar a ela... Impossível. Você foi cozinheira de forno e fogão a vida inteira.

Quanto mais velha, mais irreverente, e mais você insiste no *como sempre*, cegando-se para a sua realidade. Você é a velha senhora porque só existe no presente repetindo o passado. Não tem como se reinventar, e eu preciso aceitar esse limite ou inventar um mundo novo para você, onde o fogo não queime e o gás se apague automaticamente. Nele, você continuaria em casa, porém bastaria que tivesse uma ideia para que se realizasse. Caso se imaginasse indo da sala para a cozinha, o chão se deslocaria em direção ao seu destino. Sem que você percebesse o deslocamento do chão para ter o sentimento de andar *como sempre*. Depois, se quisesse pôr o bolo no forno, este só se acenderia quando você tivesse fechado a porta dele. O bolo pronto passaria para a mesa e você o cortaria com uma faca que não te cortasse. O mundo em questão seria *o novo mundo mágico*.

Vou cobrá-lo do médico, que se vale de todos os recursos para prolongar sua vida sem levar em conta o custo do prolongamento. Para ele, o que importa é a vitória sobre a morte. Com a certeza dos insensíveis, considera que a vida é boa, seja qual for. O recurso ao médico é perigoso e, quanto maior o progresso da ciência, mais perigoso ele pode se tornar.

Assim como meu pai queria que você contasse tudo o que fez ou pensou, você quer que eu conte tudo o que fiz ou pensei. Se passo um dia sem telefonar, você estranha. Mas, quando telefono, me pergunta como vou e, por incapacidade de concentração, já quer desligar.

Daí, eu peço que você espere e, para impedir que minha voz se disperse, envolvo a boca com a palma da mão e vou falando o que me passa pela cabeça. O importante não é o que eu digo, mas o fato de dizer e de te religar a mim, exigindo que você me escute. Durante alguns minutos, você sai do casulo e bate asas.

Sempre que posso, eu te falo do casamento da minha filha, um dos seus temas preferidos. O outro é a vida do meu irmão, de quem você frequentemente se queixa, me pondo numa situação difícil. Quer que sejamos "muito amigos", mas não perde uma única ocasião de se queixar dele.

Indispõe um filho com o outro — como Rebeca fez com Jacó, induzindo-o a trair Esaú — e quer evitar a briga. Sumariamente, me pede que te ouça sem escutar. Sua conduta é perversa; no entanto, além de não ter consciência dela, você gosta de ser como é. Considera que tem direito aos seus caprichos.

Nunca falamos sobre isso, pois você me ouviria sem me escutar, não abre mão do gozo sádico. Agora, como ninguém é perfeito e eu talvez tenha uma ponta de sadismo, eu deixo estar. Você me ensinou o amor e a perversão.

A sua crença no amor incondicional é tal que você não chorou no enterro do marido. A vida não era a condição do seu amor e a morte não te separava do amado. Como se a vida fosse uma ilusão de óptica e o morto também.

De mãos dadas com o amor, você foi em frente e atravessou o deserto, repetindo frases de alguma conversa do passado, sendo viúva com tanta convicção quanto foi noiva. Uma das suas cartas revela a certeza: "As primas trouxeram um vestido de noiva. Queriam que eu experimentasse. Recusei. Queriam saber o motivo da recusa, mas eu não quis contar. Para você eu posso dizer que só experimentarei o vestido de noiva quando marcarmos a data do casamento. Do contrário, nunca o porei."

Como você, os amantes dão garantias. Embora feito de certezas, o amor tem um pavio apagador. Depois da morte do amado, você vive um amor sem interlocutor, ainda que possa se endereçar a ele e inventar as respostas para as próprias perguntas.

— Me diga, querido. Você acha que eu estou certa em fazer o que fiz?

— Você está sempre certa.

— Por te consultar onde quer que você esteja. Não sei o que eu faria sem você.

O amor que te salva não deixa de ser um martírio. Numa das suas cartas, você se queixa das saudades, "que já não se contentam em ficar num canto do coração e, como Hitler ou Mussolini, vão conquistando o espaço todo, embora o façam em surdina".

Nós estamos fadados ao masoquismo por não vivermos sem o sentimento amoroso... Ninguém suporta a realidade nua e crua. Salvo quem acredita na impermanência.

Você diz que tudo passa. Não diz isso, no entanto, por acreditar na impermanência, como os budistas, e sim porque a morte do amado tornou qualquer outro acontecimento insignificante. Você consola os outros, porém nunca se conformou. Hoje mesmo me telefonou chorando, porque é dia do aniversário do marido, e ele se foi há trinta anos.

Não sei o que é pior: a mãe que não se conforma com a perda do companheiro ou a mãe que logo o substitui. Nos dois casos, o filho (ou a filha) é o terceiro excluído.

Reconheço que sempre quis você só para mim. Nesse particular, meu irmão não é diferente, e você procura dar a cada um a ilusão de ser filho único. Tem medo de nos contrariar e nos perder. Tudo, menos ficar sem um dos dois. Disse a você que ia tirar férias.

— Como assim?

— Preciso descansar. Vou sair da cidade.

— Decansa na sua casa.

— Mas eu quero ver o mar.

— Mas eu tenho 98 anos. De uma hora para outra...

Não há como me afastar sem tergiversação. E eu só me afasto por saber que você está perdendo a memória e logo esquece.

Um estranho amor o dos pais. Tantas as expectativas em relação aos filhos que estes já nascem condenados a ser robôs ou revoltados. Como escapar aos ancestrais?

O pai de Hamlet exigiu que o filho o vingasse, matando seu assassino. *Ou você me vinga e comete o crime que me honra ou eu não te reconheço mais.* Noutras palavras, exigiu que Hamlet se tornasse um criminoso. Mais de quatrocentos anos se passaram e o drama é atual. Daqui a quatrocentos anos, também será, pois nada é mais difícil que dizer *não* aos mandatos de quem nos deu a vida. Hamlet é homem, mas poderia ser mulher.

Se quiser tirar férias, eu preciso dizer *não* ao seu mandato: *Ou você fica comigo ou eu não te reconheço mais.*

Para ser amada, você mente e você inventa, elogiando o aspecto físico de qualquer pessoa que se aproxima de você. "Como você rejuvenesceu. O que você fez?" ou "Que disposição invejável!". São inúmeras as frases do seu repertório de elogios. A maioria serve para os dois sexos, a fim de evitar uma gafe, como a que você um dia cometeu, elogiando o penteado de um primo careca.

Você se empenha em seduzir e quase sempre consegue. A sedução é a prova da sua vitalidade. Diz que está esperando a morte, porém não a deseja. Por isso desafia o tempo sem nunca ter ouvido falar da *arte de não morrer* em que os taoístas se exercitam há milênios.

A longevidade também foi a maneira que você encontrou de prolongar a existência do amado. Enquanto viver, ele existirá. "Ninguém morre se continuar no coração de alguém." A frase é de Aldo e você a repete, em memória do irmão.

Aldo e meu pai eram amigos e morreram precocemente. Por que os dois escolheram a mesma carreira de médico? O que tem a história profissional com o destino trágico deles? A escolha talvez se relacionasse ao desejo de exorcizar a morte. Pelo menos na imaginação, a posição de quem cura protege.

E talvez fosse para exorcizar a morte que você nos vestia de clóvis no Carnaval. Só desistiu quando meu irmão e eu recusamos a fantasia. Ou saíamos de Arlequim ou não saíamos. Você acabou cedendo. Comprou um chapéu em forma de meia-lua para o filho, duas luvas pretas para a filha e um tecido de losangos coloridos com o qual mandou fazer as roupas copiadas de figurinos tradicionais. Desfilamos de Arlequin, celebrando a cor e a transfiguração. Não estávamos mais fantasiados para assustar quem quer que fosse, e sim para entrar na dança e brincar.

A cuidadora deixou três recados no telefone. Você não quis o almoço e não quer jantar. Isso já aconteceu outras vezes, mas eu temo que a recusa agora se prolongue.

Não sei se você deve ou não ser induzida a comer. A lista de estimulantes vai de a a z, apetil, buclina, cobavital... No entanto, que sentido faz induzir alguém que diz *eu quero morrer* a se alimentar? Sei bem que você não deseja de fato morrer, porém você também me disse "não posso mais viver" no dia em que eu falava ininterruptamente sem perceber que você não escutava nada. O que torna a sua vida impossível são as suas limitações físicas.

Você fez um testamento vital segundo o qual "aceita a terminalidade da vida e repudia qualquer intervenção extraordinária, inútil ou fútil". O uso de estimulante do apetite, no seu caso, me parece uma ação inútil ou fútil. O cuidado para que você não deixe de tomar os medicamentos e não se exponha a um acidente é uma coisa — insisto nele. Alimentação induzida é outra.

Se eu chamar o médico, ele vai decidir o que é melhor para prolongar a sua vida, e nós não queremos isso. Não foi por acaso que você fez o testamento vital... foi para evitar a obsessão terapêutica, o sonho impossível de livrar o paciente da morte.

Não sei bem como proceder. Me resta falar com você para saber. Você perdeu o apetite, mas não a palavra.

ÀS oito horas eu já estava no seu quarto.

— Caiu da cama? Bom dia.

Você se dobrou para o lado e foi colocando devagarinho os pés no chão. Depois, apertou a cabeça com as mãos para acordar melhor e eu fui para a sala.

A empregada pôs a mesa como sempre. Café com leite, suco de laranja e pão com manteiga. Desci para comprar um bolo na padaria enquanto você se preparava. Com a surpresa, você podia se animar. Acho até que nós cultuamos a infância por ser a época em que mais nos surpreendemos. Você gostou de ver o bolo, porém se limitou a tomar o suco.

— Não tenho fome.

Perguntei se queria um estimulante.

— Não... era só o que faltava.

Você então me disse que, se meu pai estivesse vivo, vocês estariam comemorando as bodas de ouro. Atribuí isso ao fato de você não ter se alimentado, mas não estou certa. A bem da verdade, não tenho certeza de nada desde que perdi a certeza de que você estará sempre comigo... desde que você se tornou mortal aos meus olhos. O seu envelhecimento me impôs a perda e eu já não sou a mesma.

Em breve, você terá sido a minha mãe. Se eu disser que isso não me revolta, estarei mentindo. Ao me dar a vida, você me condenou ao luto. Quer viver? Aceita o sofrimento. Mas como? Talvez seguindo o caminho do Buda, que era príncipe e deixou o palácio onde morava para se tornar asceta, depois de uma sucessão de encontros: um velho fraco e sem protetor, um doente sem abrigo à beira da morte, um cortejo fúnebre e um asceta que vivia de esmola, porém vagava com serenidade. Só é sereno quem não se apega a nada, nem mesmo à vida.

Não sei quem serei depois da sua morte. Ainda que eu hoje só tenha uma mãe decaindo e outra imaginária para quem escrevo. Viver entre as duas me permite sentir menos a falta da mãe que eu de fato tive.

Vivi tantos anos com você que a vida não é concebível sem a sua presença. Você ficaria descontente se ouvisse isso. Porque "a vida deve ser vivida e celebrada". Aprendeu isso com as suas perdas. É possível até que você seja tão longeva para compensar as mortes precoces dos seus... dar esperança aos que poderiam ter se abalado com elas.

Você não se questiona sobre os motivos pelos quais continua viva. Diz "estou viva, tenho que viver" e vai em frente. Porém, também diz que a vida não tem sentido. Noutras palavras, a sua vida é uma obrigação. Se tivesse o companheiro, não seria assim.

A cada dia, você e eu nos tornamos mais diferentes, embora estejamos tão ligadas uma à outra. Ou melhor, apegadas ainda, como o molusco e a concha. Escrevo para me desapegar... para deixar de ser um molusco... para me transformar. Você quer isso por desejar que eu seja longeva. O seu desejo não é o meu, porque não quero o seu cotidiano de hoje. A vida não é digna de ser vivida sem independência. Não deveria ser necessário ter uma doença terminal para interrompê-la.

Você continua comendo como o passarinho a que já me referi, o que já não é passarinho pois não voa... Por isso a cuidadora pediu que eu fosse almoçar com você. Ao chegar, fui direto para a cozinha. Vi que só havia feijão com arroz. Diante do meu estranhamento, a cozinheira explicou que você não come nada além disso.

— E eu só tenho direito a feijão com arroz?

— Ninguém me avisou que a senhora vinha hoje.

Saí da cozinha me lembrando do tempo das frutas viçosas, das geleias e dos boiões de compota que se renovavam continuamente.. Quer figo ou pêssego? Manga ou jaca? A fartura era imperativa, como se, por ser mãe, você estivesse obrigada a ela.

Quando sentamos à mesa, percebi que os talheres de sempre haviam sido substituídos por outros, habitualmente usados só na cozinha. Quis saber por quê.

— Os de sempre são presente do seu pai. A cada vez que uso, sou obrigada a contar.

— Não entendo.

— Quero legar o faqueiro intacto para o seu irmão.

— E nós aqui ficamos sem talheres? Você não percebe que, além de injusto, isso é absurdo?

Me recusei a comer se você não me deixasse recuperar o faqueiro. Você deixou e eu me dei conta de ter agido mal. Você então não tem o direito de usar o que é seu como quiser? Mais que isso, com a fantasia de legar para o meu irmão, você conquista um futuro para si mesma. Só não percebi o sentido da substituição dos talheres por ter me enfurecido. Ou seja, por egoísmo.

Não sei se o pior foi me sentir injustiçada ou constatar que você prepara os seus bens para nos legar. A preparação me faz sofrer, embora seja a expressão do seu desejo de permanecer conosco. Ouço você dizer *continuo com vocês, através do meu legado.* A sua forma de não morrer é esta, e vai ser assim até o fim.

Se eu mudar de assunto você não deixa. Tenho que me conformar. A sua velhice me impõe a resignação.

A vida tem limite, porém o tempo da juventude pode ser estendido, e isso depende de cada um de nós. Você nunca pensou nisso, pois não precisou fazer nada para ser jovem até quase 90 anos. Sempre teve saúde. Verdade que você come pouco, só bebe ocasionalmente, dorme quando tem sono e nunca passou uma única noite acordada. Aconteça o que acontecer, sempre dorme o sono dos justos.

De doença você não padece, porém sofre cada dia mais por escutar e ver mal. Talvez por isso não queira comer, e nada do que eu faça adianta. Você agora só se anima quando me fala do que vai legar para uma ou outra pessoa. Já cansei de ver e corrigir a lista de objetos, porque você muda continuamente de ideia. Como se temesse uma distribuição desigual, na verdade inevitável. Ninguém compra os móveis, os quadros, a louça em função da sucessão. Compra isto ou aquilo porque gosta. Além disso, ninguém de fato acredita na morte.

Acho que a morte não é credível. Para começar, porque ninguém a vê. Só sabemos dela através do morto, que é sempre assustador, por mais amado que tenha sido quando vivo. Por isso, eu não me disponho a te preparar para o caixão. Sei que você entende e não me reprova.

Não quero sentir o frio tomando o corpo. Se este pudesse simplesmente desaparecer para eu ficar só com as imagens da mãe viva... A menina-moça, em pé no balanço do jardim, vestido branco de piquê, acinturado, cobrindo o joelho, como se usava. Decerto já pensando no noivo, embora não o conhecesse. Os verdadeiros amantes são como os amigos, se reconhecem quando se encontram pela primeira vez. Outra imagem que terei sempre comigo é a do noivado. Vocês no balanço do parque, que é para dois, um de frente para o outro e o sorriso de quem diz *enfim*. Porém, nenhuma foto é melhor que a dos recém-casados, os dois de chapéu, irmanados também pela roupa para enfrentar o destino.

O faqueiro, o castiçal... e você agora me ofereceu as toalhas. Aceitei. Mais que isso, pedi que me desse já, pois estou precisando.

— Você quer já? Então, conta as toalhas, por favor.

— Não preciso contar. Tem uma dúzia. Nós fomos comprar juntas.

— Então leva meia dúzia. Do contrário, pode faltar aqui.

O seu desprendimento é o de quem não se desprende. Vai e volta. Como se o ritual de se separar dos filhos, da casa e dos objetos não devesse acabar nunca. Talvez haja nisso um gozo sádico. Talvez a proximidade da morte nos torne sádicos por nos sentirmos vencidos. Não era o caso dos gladiadores, que, ao entrar na arena para lutar, saudavam o imperador: *Morituri te salutant.*

Sempre me impressionei com a coragem desses homens. Possível, no entanto, que fossem corajosos por não terem saída. O gladiador só era agraciado depois da luta se tivesse sido corajoso. Os espectadores levantavam o polegar e gritavam *mitte*, pedindo que o imperador o agraciasse. Se baixassem o dedo e gritassem *iugula*, o imperador ordenava a imolação e só restava ao infeliz estender o pescoço e morrer. Consta que nenhum gladiador fraquejou.

O dia de hoje foi um tormento. A sua cozinheira queria ir embora porque você havia gritado com ela. Tive que pedir desculpas pela injustiça. Não há pessoa mais dedicada. Expliquei que, por causa da idade, você não tem como controlar as emoções.

— Será mesmo que ela não controla?

Demorou para entender, porque não passa pela cabeça dela que você, a patroa, possa falhar.

Você, hoje, precisa ser amada incondicionalmente, e só quem te ama assim pode encontrar um sentido no que você fala ou faz. Ontem, por exemplo, o locutor da televisão disse que houve um desvio de verbas de alguns milhões no país e você fez um comentário insensato.

— Alguns milhões! Que maravilha! Quanto dinheiro nós temos aqui.

Um comentário de quem está fora da realidade e cujo sentido só eu percebo, por te amar incondicionalmente. Você escuta pouco e o cérebro não processa a informação como devia. Registrou as palavras *governo* e *milhões* e, a fim de seduzir os que estavam à mesa, celebrou a nossa riqueza.

Nem por isso você está demente... continua lúcida e, terminado o almoço, fez questão de me mostrar a chave do túmulo, acrescentando que "é só abrir e enterrar". Teria prescindido dessa observação, que você também fez porque não se controla. Mas eu não posso me abalar como a cozinheira. O seu "é só abrir e enterrar" tem a ver com a funcionalidade do túmulo, construído para dar "um lugar decente" ao marido.

O telefone tocou às seis da manhã. A cozinheira agora pedindo que eu fosse logo à sua casa. Ao chegar, vi a filha da Lúcia aos prantos.

— O que houve?

— A mãe dela, a Lúcia, sofreu um acidente — explicou a cozinheira, já chorando também.

— Morreu?

— O corpo está no hospital.

Fui ao seu quarto e você me disse que precisamos cuidar do enterro e da adolescente, acrescentando que vai pagar "os estudos da menina". Tornou-se a cuidadora da cuidadora, e eu, que sempre me pergunto *cem anos para quê?*, me disse que a pergunta não faz sentido. Cem anos para ser mãe ainda.

Você virou a mesa. Porém, logo depois de ter alardeado o que ia fazer, entregou os pontos e me deu o telefone da funerária, acrescentando que devo recorrer a ela *também* no dia da sua morte. Ou seja, me pôs diante de duas perspectivas funestas, além de ter dito como devo proceder. Nada pode te escapar.

Vou me ocupar já do enterro da Lúcia e, ao mesmo tempo, procurar a substituta. Vou ligar para as agências e entrevistar as cuidadoras disponíveis. Uma há de me servir e você há de aceitar. Se eu não for precavida, não saio mais da sua casa.

Quanto ao meu trabalho, fica adiado por motivo de força maior.

Enterramos a Lúcia e você caiu no banheiro. O olho ficou mais roxo que o de um boxeador. Por sorte não feriu o globo. Ou seja, nós estamos nas mãos de Deus. Preciso conquistar a indiferença necessária para não ficar deprimida. Até entendo por que os velhos são abandonados, e tudo farei para não ficar na sua situação.

Na hora em que o peso da vida se torna insuportável, o ideal é o suicídio assistido. Não há por que viver com uma tonelada de chumbo na cabeça. Mas qual o melhor antídoto contra a vida? Quando se valer dele? Na verdade, não é possível antecipar o momento. Somos obrigados a viver na ignorância até a hora H, a hora em que o custo da vida se torna alto demais. Só não ajudamos uns aos outros a morrer porque somos impiedosos.

Ninguém precisa morrer por não escutar ou não enxergar ou não andar. Precisa morrer quando o cérebro degenera e o corpo se separa da alma. Talvez por isso, ao te olhar, eu tenha visto um espantalho de olho roxo.

Caberia ao médico te dar uma injeção para evitar que você fique cada vez mais exposta ao sofrimento. Claro que só se você pedisse a injeção, e isso você não faz. Não foi educada para trilhar o caminho até o fim. Vai ficar nas mãos de Deus... e eu nas suas.

Apesar do olho roxo, você me obrigou a ir ao banco.

— Tem que ir, precisa.

— Por que tem que ir?

— Se eu morrer, você não herda as joias que ele me deu, o seu pai... elas estão no cofre do banco só em meu nome e eu quero pôr o seu.

Foi mais uma despedida. Se você pudesse não me oferecer mais nada... Sempre viveu apegada às joias e o legado só me entristece. Primeiro, por me lembrar de que você já não tem vida suficiente para ser a guardiã do presente. Segundo, pela exigência implícita de que eu me ocupe dele como você se ocupou.

O valor das joias é sentimental, mas eu agora devo visitar e pagar o cofre até o fim dos tempos. Simplesmente para transferir o tesouro um dia, contando a história e obrigando assim o destinatário a fazer o mesmo.

— São as joias que a sua avó me deu. Temos que ir ao banco.

— Por quê?

— Se eu morrer...

As joias da coroa existem em toda família com alguns recursos. Teria, no entanto, dispensado o legado com o qual você entregou os pontos. Só não digo que você morreu no banco porque já morreu aos meus olhos antes disso. Ninguém vai embora de uma vez. Várias são as mortes que precedem o fim.

Antes de ter morrido para a filha, você morreu para si mesma repetidamente: ao perder os dentes, ao perder a força do corpo, ao cair... Você só suporta porque já não tem a mesma capacidade de sofrer.

O hematoma não desapareceu, mas o olho já desinchou. A fim de evitar que você caia novamente, desloquei em vão alguns móveis da sala. Você devolveu tudo ao "devido lugar".

— Não adianta tirar, porque eu ponho de novo.

Sorri e me conformei. Até porque ninguém foi Winston Churchill sem ter autoridade. Você sempre soube se impor.

Entendi, graças à sua determinação, que não devo me opor ao inevitável. Na verdade, continuo a me educar com você. Não para de se repetir, mas, inesperadamente, diz algo novo. Ainda tenho o que aprender. Qualquer um teria se suportasse olhar para você sem ver como o seu corpo ficou... sem preconceitos.

O meu amor por você possibilita o aprendizado e prolonga a sua vida como o seu amor prolonga a existência do meu pai. O verso *somos pó, mas pó amoroso*, poderia ser de sua autoria. E, se você tivesse escrito um romance, haveria, no último capítulo, uma cena como a do romance de Victor Hugo, *O corcunda de Notre Dame* ("...entre as carcaças horrendas, foram encontrados dois esqueletos, um dos quais abraçava fortemente o outro. Um deles era de uma mulher e ainda tinha frangalhos de um vestido que deve ter sido branco; em torno do pescoço, havia um colar de contas com um saquinho de seda, ornado de miçangas verdes, aberto e vazio... O outro esqueleto, que era de um homem, abraçava estreitamente o da mulher... Quando quiseram separá-lo, ele se desfez em pó").

Os dois esqueletos eram os de Esmeralda e Quasímodo, que nasceram com o livro em 1831 e estão entre nós para ficar.

***Não** tira do lugar que eu ponho de novo.* Não parei de pensar nessa frase, que me impede de evitar futuras quedas e me deixou com uma sensação de impotência. A velhice castra antes de a morte ceifar e por isso é tão aterradora.

Por causa dos limites que você me impõe, percebo como ainda desejo vencer a morte. Por causa desse desejo, os budistas preconizam a contemplação do cadáver, dizendo, no entanto, que a morte não é o fim da existência, "encerra um capítulo para um novo se abrir". A associação do renascimento à morte serve para facilitar a separação. O ser que renasce, no entanto, não é o mesmo... a associação não me consola. Quando você se for, não voltará mais.

Quero o seu fim, porém não o desejo. Você, como eu, está entre o querer e o desejar. "Nós, aqui, estamos esperando..." Diz isso, mas não deseja sair de cena. Ninguém se suicida sem uma contrariedade profunda. Salvo quando o suicídio é um ato inteiramente louco.

Se ao menos o palhaço que ganha a vida bancando o idiota vier hoje... Se ele não vier, a cena será ocupada por outra pessoa. O teatro do mundo nunca é o mesmo. A rua distrai e pode me consolar. Saio para escapar ao meu ensimesmamento.

Fernanda, uma das duas cuidadoras indicadas pela agência, é budista, e eu a contratei. Você nem concordou nem discordou... A essa altura, tanto faz.

— Mais uma cuidadora? Acha mesmo que precisa?

A moça mal começou o trabalho e você a surpreendeu com uma ordem.

— A roupa que eu gosto de usar está comprida. Os vestidos, as saias, as calças. Manda tudo para a costureira.

Uma ou outra roupa de fato está comprida, pois o seu tamanho diminuiu. Não chega, no entanto, a ser significativo. Orientei Fernanda a dizer, primeiro, que ia cumprir a ordem e, depois, que já havia cumprido.

— Tira a roupa do armário e fala que enviou à costureira.

Ensinei a cuidadora a mentir, pois o que importa é não te contrariar. Ninguém está aqui para isso. Na situação atual, a mentira é imperativa.

— Se mamãe pedir um guarda-chuva verde e você só encontrar um azul, dá o azul e diz que é verde... Mamãe não suporta ser contrariada e ela não distingue as cores.

Ou seja, legitimei a mentira. Espero que Fernanda não se valha do meu ensinamento para me enganar. A cozinheira já está devidamente orientada e não enganaria nem a sombra.

Há uma semana que a cuidadora telefona todo dia para o meu irmão. Você quer vê-lo e ele não responde, embora esteja na cidade. Mora noutro bairro como se morasse no exterior.

Tenho ímpetos de sugerir que você o deserde. Só não faço isso para que você não cometa um ato injusto, ou melhor, não seja contrária a si mesma. De injusto, o ato não teria nada, mas a justiça não se aplica na família. Mesmo quando a família desautoriza a irresponsabilidade, criticando a conduta de um dos seus, ela não pune. Meu irmão pode se comportar como bem entender, o legado é garantido. Nada é mais injusto e lamentável.

Embora criados por você, ele e eu somos contrários. Se eu vou para a direita, ele não vai em hipótese nenhuma. Basta que eu faça uma escolha para esta não ser a dele. Não sei o que isso tem a ver com a nossa criação. Vou perguntar a você. Há ainda algumas perguntas que eu preciso fazer... Digo isso como se você pudesse responder a todas elas.

Seja como for, terá ainda que me ajudar a pôr as legendas no álbum de fotografias. Do contrário, ficaremos sem saber quem é quem. Ou melhor, fico sem saber, pois só eu me interesso. Você deve estranhar o que eu digo. Isso, no entanto, não importa. O que conta é poder dizer e ser ouvida, ainda que seja por uma mãe imaginária.

Quando falar de você, falarei do *amor do amor*. Não conheço quem tenha valorizado tanto esse sentimento. Foi com a rememoração que você evitou a nossa orfandade. Soubemos continuamente do pai através da falta que ele te faz. Nunca se conformou com a morte do marido que assim nunca deixou de existir. Sem querer, você me ensinou que não se conformar com um fato é uma maneira de desacreditá-lo.

Para o seu contentamento, eu ocupei o lugar do pai de diferentes maneiras. Ora escutando como ele. Ora te acompanhando. Fui capaz de ser quem você desejava que eu fosse inúmeras vezes. Aceitei ser o simulacro.

Acho que você nunca se deu conta do meu fervor, pois o fervor, para você, é natural. Nunca poupou esforços para cuidar dos seus. Numa das cartas, conta ao noivo que foi picada por borrachudos e as picadas se transformaram em feridas. Mas diz que já haviam sarado e não mencionara antes o fato porque seu irmão estava doente e você desejava que a atenção do noivo estivesse voltada só para ele. Esperou pacientemente a natureza curar as feridas.

Sendo aquela que cuida, você não gosta de me ver na posição em que estou. Preciso ter a autoridade necessária para enfrentar a sua resistência sem me tornar autoritária.

O fato é que eu ando na corda bamba. Qualquer deslize, eu caio e você fica abandonada. Não quero isso... preciso ser boa equilibrista até o fim. Tudo, menos deixar você entregue ao meu irmão ou a algum médico que, por não aceitar o fim da vida, faça da cura uma questão de honra e de você, uma cobaia. Amar, daqui por diante, significa te proteger contra a indiferença e a "obsessão terapêutica".

Fernanda, que é particularmente ciosa do seu ofício, pediu um tapete antiderrapante para o seu banheiro. Concordei, mas sei da sua resistência à mudança. Se eu puser o tapete, você manda tirar. Tentei te convencer da necessidade, alegando o tombo de alguns dias antes. "De que adianta o antiderrapante só no banheiro? E o quarto, a sala, a cozinha, o resto da casa?", você perguntou fazendo pouco, antes de acrescentar que, para evitar a queda, a cadeira de rodas seria a melhor solução.

Desisti do antiderrapante e expliquei à cuidadora que não posso fazer o necessário, pois você vai se opor. Acrescentei que eu e ela temos limites, e fui ao cinema.

Não sei se escolhi *E o vento levou* por causa dos olhos azuis de Vivien Leigh ou da frase final da heroína. Quem pode esquecer o que Scarlett diz para se reerguer? *Amanhã é outro dia.* Diz com a fé típica dos vencedores. E, cada vez que algo a ameaçava seriamente, adiava o problema para o dia seguinte. *Penso nisso amanhã.* Não perde a esperança e não se desgasta à toa.

Você me levou para ver o filme duas vezes. Tenho certeza, hoje, de que, você como eu, se tomava secretamente pela heroína. Que mulher não desejava ser Scarlett, Vivien Leigh, atriz de Hollywood? Ou, mais simplesmente, se entregar a Red Buttler, Clark Gable, o galã dos galãs?

Pena que você hoje não estivesse no cinema ao meu lado.

A filha da Lúcia, cujos estudos você financia, veio te visitar. A menina estava no céu por ter tido as melhores notas.

— Primeiro lugar. Dez em matemática.

— Verdade?

— Nem eu acredito.

A menina mostrou as notas. Você fez de conta que leu e a presenteou com dinheiro.

— Toma. Compra o que você quiser. Aproveita.

Toma é o que você hoje mais diz. Se eu não te controlar, você fica sem nada. Quer presentear todo mundo.

— Para que guardar se eu vou morrer?

Entendo o argumento, porém tenho que ser previdente. Por isso, fomos novamente ao banco. Dessa vez, a fim de que você me inclua na sua conta e não possa mais assinar cheque sozinha. Fiquei no controle "para te proteger" como o meu irmão sugeriu. Ou seja, para não termos que arcar com doações sem fim.

Você se tornou irresponsável, porém não tem nada a ver com uma criança. Porque dela a gente espera que se torne responsável um dia e de você nós não esperamos mais isso. A velhice extrema, como a doença terminal, é sinônimo de falta de esperança.

Fernanda não levou em conta a sua irresponsabilidade ao aceitar a dispensa que você deu, alegando o dia de Natal.

— Você, hoje, pode sair mais cedo, é dia de festa ... dia de ficar com a sua família.

Acrescentou que eu logo chegaria para passar a noite e a cozinheira também dormiria na casa.

Em vez de seguir a orientação de não obedecer às suas ordens, a infeliz te deu ouvidos e, pouco antes de eu chegar, o pior aconteceu. Você escorregou, caiu e perdeu os sentidos. Por ironia, não foi no seu banheiro, como eu temia, e sim na sala, onde eu não teria posto tapete antiderrapante.

Quando entrei, vi Maria sentada no chão com sua cabeça no colo. A sua perna direita estava inchada e o joelho havia perdido a mobilidade. Só podia ser uma fratura.

— Telefonei para a casa da senhora e ninguém atendeu... fiquei desesperada. Por sorte, o telefone do Pronto-Socorro estava colado na parede.

— Já chamou?

— Já.

Sentei no chão, ao lado da empregada, que foi se deslocando para que eu ocupasse o lugar dela e a sua cabeça ficasse comigo. De olhos fechados e boca semiaberta, você arfava, e foi em vão que lhe falei para ver se você voltava a si. De repente, seu tórax se levantou com força e você passou a inspirar ruidosamente, como o náufrago que volta à tona antes de afundar para sempre. A empregada se desesperou e saiu da sala. Já eu não quis me afastar de você. Pus a mão no seu peito para te acompanhar no esforço.

— Mãe... eu estou aqui...

Minha voz ecoou na sala, e eu fiquei mais sozinha do que nunca. Senti que você ia embora e tive medo.

— Respira.

Você passou a respirar de outra forma, lenta e superficialmente.

— Querida.

Foi a última palavra que eu te enderecei. Você estertorou até a cabeça cair para trás.

Eu, que não podia me imaginar segurando o seu corpo, fiquei velando de olhos fechados até o médico chegar. Pensei comigo mesma que sua morte foi providencial... evitou o risco de uma reanimação descabida e do meu ato louco de desligar o respiradouro.

O médico chegou e atestou o óbito, porém isso nada significou. Você e eu estávamos longe dali, sorrindo para o fotógrafo que fez a nossa melhor foto. Aquela em que nós aparecemos juntas no alto de uma torre. Não sei exatamente de quando é a foto, mas nós éramos jovens e queríamos olhar o mundo de onde quer que ele pudesse nos surpreender.

O médico entregou o atestado para a empregada e eu fiquei na torre com você... fiquei te ouvindo. *Tão bom olhar quanto sonhar. A vida não deveria acabar nunca, filha. Gostaria de ver a minha neta. Quero cantar de novo uma canção de ninar. A língua dela será a nossa... com ela eu terei um futuro. Não posso sequer imaginar que um dia eu não esteja para ouvir o dão-da-la-lão, migrar com as batidas para o tempo mágico do sino. A vida girava em torno do sol. Com o primeiro raio, as portas da cidade se abriam, e se fechavam quando o sol se punha. As trancas iam e vinham no ritmo da natureza. As estrelas daquela época eram as mesmas, mas ninguém olhava para elas do mesmo jeito. Tão bom olhar quanto imaginar.*

Na torre, nós alcançamos a eternidade, e o pai estava conosco, porque ninguém morre se continuar no coração de alguém, como você dizia, citando Aldo.

Fernanda chegou se desculpando por ter se ausentado. Fez menção de se justificar, e eu impedi, dando ordem de que telefonasse para a funerária e para o tanatopraxista.

— Diz que é para fazer a toalete e a maquiagem... está combinado.

Falei, me lembrando do seu ensinamento. *Tratar o corpo do morto é uma prática antiquíssima. Todas as grandes civilizações...* Foi você que me introduziu na tanatopraxia. Tudo será feito como se deve. Até porque eu me deixo orientar por você, que está e vai ficar comigo. Quem ama não se separa.

O meu luto começou no dia em que eu quis que você nascesse de mim como eu de você... quis insensatamente te dar a vida. Acreditava que podia curar suas mãos já inteiramente tomadas pela doença. Naquele dia, te perdi por ter desejado ser a mãe da mãe. Como Asclépio, neguei a realidade, imaginando que podia ressuscitar os mortos.

Não sabia ainda que, sem que eu fizesse esforço, você renasceria no meu coração e nós continuaríamos juntas.

Vai ser enterrada num caixão de mogno, como combinado, e vai entrar no túmulo da família ao som de um silêncio grandioso — o dos que nunca renunciaram à independência.

FIM

São Paulo, Praia do Forte, Santorini
outubro de 2014 a abril de 2015

Este livro foi composto na tipologia Minion
Pro Regular, em corpo 12/17, e impresso em
papel off-white no Sistema Cameron da
Divisão Gráfica da Distribuidora Record.